SOPA DE LIBROS

Da Coll, Ivar
Pies para la princesa / Ivar Da Coll. — Madrid : Anaya, 2002
32 p. : il. col. ; 20 cm. — (Sopa de Libros ; 71)
ISBN 84-667-1570-3
1. Poesías infantiles I. TITULO II. SERIE
087.5:82-1

Pies para la princesa

SOPA DE LIBROS

© Del texto e ilustraciones: Ivar Da Coll, 2002
© De esta edición: Grupo Anaya, S.A., 2002
Juan Ignacio Luca de Tena, 15. 28027 Madrid
www.anayainfantilyjuvenil.com
e-mail: anayainfantilyjuvenil@anaya.es

Primera edición, marzo 2002
Segunda edición, marzo 2004
Tercera edición, julio 2005
Cuarta edición, noviembre 2005
Quinta edición, junio 2006
Sexta edición, mayo 2007

Diseño: Manuel Estrada

ISBN: 978-84-667-1570-6
Depósito legal: Bi. 1692/2007

Impreso en GRAFO, S.A.
Avda. Cervantes, 51 (DENAC) Pabellón 21301
48970 Ariz-Basauri (Vizcaya)
Impreso en España - Printed in Spain

Ivar Da Coll

Pies para la princesa

ANAYA

Yo conocí una princesa
que siempre estaba sentada,

porque se iba de cabeza
cada vez que se paraba.

Sucedió que cierto día
no aguantó la comezón:
todo el cuerpo le escocía
desde el pelo hasta el talón.

Pero al querer levantarse
se dio un porrazo mortal;
empezó a desintegrarse:
la pobre cayó muy mal.

Vinieron a rescatarla
la reina Sol y el rey Peter:
tendrían que remendarla
igual que si fuera un suéter.

Cabeza y cuello le unieron
al tronco y a cada brazo;
las dos piernas le cosieron,
sin olvidar ni un pedazo.

Pero de repente abrieron
unos ojos como platos:
y es que al acabar no vieron
ni los pies ni los zapatos.

—¡Estamos buenos! ¿No ves
—gritaba el rey— lo que has hecho?
¿Por qué perdiste los pies?
¡Vaya niña! ¡No hay derecho!

La reina pensaba igual
y dijo al rey al oído:
—Como se ha portado mal,
regáñala bien, querido.

—¡Márchate a tu habitación!
—gritó el rey con voz tirana—.
¡No verás televisión
en todo el fin de semana!

La reina se retiró,
y el rey se fue detrás de ella.
Sola la niña quedó,
pensando en la historia aquella.

Y dijo: —Pues no renuncio
a arreglarlo de una vez.
Voy a poner un anuncio:
«Princesa contrata pies».

Y en seguida, de uno en uno,
llegaron los candidatos:
si descalzo vino alguno,
otros llevaban zapatos.

Desde planetas lejanos,
montados en sus cohetes,
llegaron dos pies marcianos,
izquierdos y con juanetes.

—Si son izquierdos los dos
—comentaba la princesa—,
me caeré, ¡válgame Dios!,
rompiéndome la cabeza.

Hubo un par digno de ver,
que viajó desde París:
se llamaba Camembert
y atacaba a la nariz.

—Dos pies que huelan tan mal
no son para una princesa;
me sentiría fatal
y con dolor de cabeza.

Un par de pies gigantones,
bien vestidos de etiqueta,
calzaban altos tacones
de una forma muy coqueta.

—En esos zancos montada,
con esos pies de elefante,
dirían: «O está chiflada,
o es una dama gigante».

Al fin dos pies pequeñitos
lo arreglaron al momento:
eran unos piececitos
para princesa de cuento.

La niña se puso a andar,
feliz con sus nuevos pies,
y luego empezó a bailar...

... polcas,

valses

y minués.

Dicen que desde aquel día
la niña vive flotando,
y anda con tanta alegría
que parece estar bailando.